AF283690

ANIMALES SALVAJES

LA CALLE

ANIMALES SALVAJES
© Ana H. Camacho
© de la imagen de cubiertas: Adela Camacho
Diseño de portada: Dpto. de Diseño La Calle

Iª edición

© Editorial La Calle, 2025.

Editado por: Editorial La Calle
c/ Cueva de Viera, 2, Local 3
Centro Negocios CADI
29200 Antequera (Málaga)
Teléfono: 952 70 60 04
Fax: 952 84 55 03
Correo electrónico: editoriallacalle@editoriallacalle.com
Internet: www.editoriallacalle.com

Reservados todos los derechos de publicación en cualquier idioma.

Cualquier forma de reproducción, distribución, comunicación pública o transformación de esta obra solo puede ser realizada con la autorización de sus titulares, salvo excepción prevista por la ley. Diríjase a CEDRO (Centro Español de Derechos Reprográficos) si necesita fotocopiar o escanear algún fragmento de esta obra (www.cedro.org).

Según el Código Penal, el contenido está protegido por la ley vigente que establece penas de prisión y/o multas a quienes intencionadamente reprodujeren o plagiaren, en todo o en parte, una obra literaria, artística o científica.

ISBN: 978-84-19519-33-7
Depósito Legal: MA 220-2025

Impresión: PODiPrint
Impreso en Andalucía – España

Nota de la editorial: ExLibric pertenece a Innovación y Cualificación S. L.

Ana H. Camacho

ANIMALES SALVAJES

Editorial La Calle

Antequera 2025

A vosotras, porque en silencio lo había prometido

Lo mejor del olvido es el recuerdo

GLORIA FUERTES

¿Acaso no te dijeron que yo era una salvaje?

ROBYN FENTY

1. UN KOBE OBESO

Hubo un tiempo en que era de la dinastía Ming. Pertenecía a la clase más alta, la que casi toca el cielo y nunca tropieza. Iba todo el día en bata y solo levantaba el brazo para saludar.

Unos días comía hongos *matsutake* con té y miguitas de hachís. Otros, encargaba una fuente de verduras con virutas de oro.

Me hacían la manicura con servilletitas de Giorgio Armani y me movía siempre a lomos de un kobe obeso. Los sábados iba a casa de la señora McKenzie y degustaba queso de leche de alce. Me tumbaba los domingos a ver el suicidio de la población.

Ahora tengo que levantar el brazo para hacer parar el bus y muchas veces ni siquiera funciona. Pasa de largo y me salpica mis pantuflas de clase media. Me visto con mandil y me limpio la nariz con servilletitas robadas del McDonald's. Ahora los hongos están en el pan de molde y no hay miguitas que sobren. La señora McKenzie no habla con exmiembros Ming.

Me tumbo los domingos y sueño con el kobe obeso; nunca sobrevive y lo aderezo con uvas de Adeje.

Ahora, la población soy yo, y el suicidio una opción. Trabajo de ocho a seis y no hay más virutas de oro, ni miguitas de hachís.

2. VACAS MUERTAS

Ocho libras son tres kilos con sesenta y tres gramos. Cinco millas son ocho kilómetros. Pero ocho kilómetros no son ocho libras. Como Margaret no es Greta. Vivo en Reino Unido y aquí he aprendido las unidades de medida y que algunas vacas caen muertas sin más. No hay enfermedad previa, no pasa nada, solo llega un día y mueren desplomadas. Vivo en Bristol y aquí los dedos de los pies siguen siendo todos iguales. Cinco en cada uno, menos Paul que tiene tres porque trabajaba en una fábrica. Aquí es todo extraño porque se te olvida que me quieres.

Es una hora menos y todo ese rollo. Es lo mismo que decir que a las once son las diez y que cuando lloras a las cinco en realidad son las cuatro. Y es ahí cuando Dios no puede encontrarte.

No puede por toda la mierda esa que hay. Autobús para arriba, autobús para abajo, andando y en coche. Y las casas llenas de mierda, y los colegios inundados y los abuelos que van a misa envueltos en mierda también. Algunos las llevan en bolsas y conversan con ellas a cuestas y les da igual. Aquí todo es raro porque yo no quiero a nadie.

En la calle de al lado hay un piso en el que viven siete chinos y un chico de Australia. El otro día entraron a robar y se llevaron todos los *personal computers*, algunas libras y la televisión. En la puerta contigua a la mía hay una chica que grita un montón, pero habla inglés muy bien. Aquí todo es peculiar porque los violonchelos siguen siendo los más tristes de la banda, pero no hay solo de trompeta.

Si estás en la calle principal enseguida puedes notar que es igual que la del barrio de jamaicanos, pero justo al contrario para que así puedan distinguirse. Una vez se perdió un chico en ese barrio y Dios no lo encontró.

Yo creo que Dios ni siquiera lo buscó. Fue su amigo quien dio con él; estaba en un río y se había ahogado. El muchacho había perdido su alma de noche y sin compañía.

Hay también aquí un par de canciones que riman con tu pelo largo y se tocan en sostenido. Como cuando Louis lleva a Carol a su habitación y la sostiene antes de que llegue el médico. Y sin que le oigan, Otto grita cada vez que pasa eso, pero no hace ruido ni nada de eso, para que Dios no lo encuentre. Porque él no quiere hablar con Dios ni contarle sus mierdas ni que le mire siquiera. No quiere confesarle que ama a Louis por encima de todas las vacas muertas del país de la sidra.

Y hay gente que se pesa cada día porque sabe que pierden trozos de sí mismos cuando quieren mucho a otro. Y así pueden ver cuánto pesa todo eso.

3. LAS GAVIOTAS NO DESCANSAN

Entre las seis y las ocho descubrieron que la señora Juliana tenía colitis ulcerosa. Justo en ese momento se cayó al suelo la foto que había en el salón de los McWilliam y se desajustó para siempre el corazón del pequeño del quinto. Arritmia crónica con seis años.

En esas dos horas no existía quien pudiese dar consuelo a Mikel ni quien quisiera dormir con Peter. Tampoco hay gaviotas que descansen entre las seis y las ocho, es entonces cuando agarran todo lo que encuentran.

Es en ese exacto lapso cuando hay que mirar al techo y contar imperfecciones.

También entre las seis y las ocho Alex y Dani hacen el amor. Marcus y Sofía lo intentan, pero no se quieren. Es, además, el tiempo justo que se tarda en cruzar la capital si todos duermen y lo que hay que esperar para comerse unas croquetas de la abuela.

Un par de horas no sirven para lavar con sonda un corazón añil ni para dejar de querer a Ibrahim, pero dan de sobra si tienes que aprobar un examen. Son minutos suficientes para enamorar y desenamorar. Puedes montar cincuenta y dos veces en el Dragon Khan y ni poder empezar con Immanuel Kant.

Lo mejor que puedes hacer en esas horas es parecer contento o permanecer dormido. Estar como alguien que es invisible y ser inaudible.

Porque es, entre las seis y las ocho, cuando se tiene toda la necesidad del mundo de amor.

4. LOS PERROS DE LA FRONTERA

Ahora mismo, justo en este instante, a la una y cuatro minutos de la noche del quince de abril pienso en las personas que mueren. No en todas, ni en ninguna en particular. Solo en los que mañana no estarán. Morirse es tan corriente que parece algo anómalo. Y aquí, además, es anunciado.

Desde este lugar, desde mi ventana, veo una valla, un muro, dos perros, un asentamiento israelí, un campo de refugiados palestino. Un monte, un camino y ninguna salida.

Inevitablemente, cuando piensas en los que mueren, has de pensar en los que viven. Esos que, como Marguerite Yourcenar, no pueden escapar de ese ser al que forzosamente hay que llamar «yo».

Morirse no es del todo escaparse, pero de algún modo terminas con el «yo». Dejas de estar preso entre una alternativa idiota y un conflicto eterno. Abandonas un barco que cada día echa por la borda el espíritu de miles de personas, como si religión y espíritu fueran la misma cosa.

Justo en este instante pienso que necesitamos que la educación atienda también a la mente profunda, que se ocupe de aspectos tan mortales como una valla, un muro, un monte, un camino y ninguna salida.

5. TRES POLILLAS

Hace calor todavía y las gaviotas no han dejado de gritar. En la cocina dos hormigas siguen recolectando para un invierno que no llega. Las cucarachas asoman sus antenas por el desagüe del baño tratando de adivinar si duermo o todavía pongo en orden los errores del día. Tres polillas revolotean en la cocina, ajenas a la existencia de la leche condensada y a mi ajuste de cuentas con la memoria.

Una tijereta extraviada trata de alcanzar el techo sin pensar en el rastro que va dejando, mientras los líquenes y el musgo han invadido la pared opuesta a mi cama.

No somos conscientes del tiempo que ha pasado, pero podríamos señalar el momento exacto en el que alguien llegó a conquistarnos. Ayer éramos jóvenes y hoy no reparamos en los colores, no nos miramos a los ojos. Y es que apenas sabemos de termodinámica.

Bastaría con que entendiéramos que los estados de equilibrio se estudian y definen por medio de magnitudes extensivas como la energía interna, la entropía, el volumen o la composición molar del sistema, o por medio de magnitudes no extensivas derivadas de las anteriores, como la temperatura, la presión y el potencial químico, y otras magnitudes, tales como la imanación.

Para describir la imanación se recurre a tres campos promediados en el espacio: el promedio del campo, los momentos dipolares magnéticos de las cargas ligadas y la excitación magnética, que se refiere a las corrientes libres.

Mientras los animales recorren nuestras casas, la termodinámica ha explicado todo el amor que somos capaces de sentir.

El equilibrio es un imán que ignoramos.

Un imán que tiene la propiedad de atraer el hierro, el acero y algún otro cuerpo.

Algún otro cuerpo.

6. LAS HIENAS SON MEJORES QUE TÚ

Hace cuatro años y tres meses llené la bañera y me metí tal cual estaba. Trabajaba de interna en una casa en el centro de Ámsterdam y uno de mis cometidos era limpiar los cuatro baños, seis días por semana. Entonces decidí que no iba a notarse si, en vez de adecentarlo, me daba un baño con ropa.

Luego pensé que tampoco nadie iba a darse cuenta si abría la caja de las chocolatinas y me comía una, con un té, en el salón que acababa de limpiar. Sentada en ese sofá blanco, me puse a contar todos los colores de la alfombra persa; todas las chicas con las que me había besado.

Justo después fui al supermercado e hice dos compras. Una para la casa y otra para mí. Cerveza Grolsch y arroz con curry y verduras.

Recogí a los tres niños de los dos colegios, los subí a la bici y fuimos a pasear. Les dejé tocar con un palo imaginario un ave muerta y les conté por qué debían desaparecer los zoológicos. Estuvieron muy de acuerdo. Luego jugamos hasta la saciedad en el césped que bordea el Rijksmuseum y compramos helados mientras sus padres, hienas, estaban aún en el trabajo.

A la semana, me despedí. Desde entonces he leído más a Sor Juana que la Biblia y aún me queda hacerme vieja. He aprovechado mi aire de inocencia y me he colado en todas las fiestas. Desde entonces, nunca he dejado de ser amable, aun cuando debía haber sido desagradable. Desde ese día recuerdo cuánto vale sonreír en lugar de quejarse, rememoro lo que es la diferencia entre el sí y el no. Y de todo lo que sirve olvidarse en vez de empeñarse.

7. RATAS A RATOS

Las ausencias son un monstruo. Un gigante de hormigón o una grúa enorme que va construyendo a su antojo, queramos o no.

Silencios, huecos o espacios sin aire, todo nos va moldeando hasta que lo que nos falta nos hace también. Todos los besos que no hemos dado, las frases que nunca vamos a decir o los días enteros que no vamos a coincidir, las confesiones que han quedado en las cloacas; somos lo que no tenemos.

Basta un día para que todo cambie; no hacen falta más de unas horas para volverse invisibles. Para no estar más, pero presenciarlo todo.

Un día tiene el poder de siglos de filosofía, de años yendo a terapia. Tiene la fuerza de diez tormentas o una catarata.

No sentirse más querida, saberse prescindible, notar cómo se te rompe el corazón y temer que haya sonado demasiado fuerte.

Contener las lágrimas para evitar un desastre climatológico aún mayor. Pensar que siempre algo florece, hasta por las rendijas del cemento. Hasta en las alcantarillas.

Saber que, a pesar de todo, nada puede quitarte ya los días que pasaron porque, por muy invisibles que seamos, un día fuimos todo lo visibles que se puede ser.

Porque para entrar en la oscuridad hace falta mucha luz.

8. COLIBRÍ

Desde que te perdí:

He intentado querer una vez, he viajado a tres países más, he dejado las alitas y no quise volver a ver el margarita. Me han gustado ciento cincuenta y tres chicas en una barra de bar, cuatro en una biblioteca y una en una discoteca.

Volví tres veces a aquel puente que llevaba a casa, pero no grité. He aprendido a comer gofio y a llorar bajo el mar. Me he pintado las uñas de los pies tres veces menos, me han pretendido ídem. He dicho a otros lo que nunca me atreví y otros me han dicho a mí cosas que nunca pensé.

He vuelto a la bici, y a las camas vacías, a no peinarme con plancha y no salir a por pizza. No me han dejado acercarme y le han puesto a mi corazón un «prohibido el paso», dos veces un «hasta aquí hemos llegado». No he encontrado en nadie lo que nosotras teníamos, cómo éramos, pero no he perdido la costumbre de intentarlo.

Dos veces me han dolido, las mismas que no me han escogido. Me he quedado esperando y he bajado cinco escalones. No me presento más al TOEFL. Me he quedado sin viajar y sin bañarme. Sola, porque ya no tengo cubierta la derecha y está abierta la brecha.

He contado doscientos cuarenta y siete corazones en paredes, pero ninguno sobre el mío. He dejado las bandejas, los uniformes y las propinas. Solo la mitad de las veces he pensado en ti.

He visto más personas en línea que en abrazo.

Desde entonces, he perdido cuatro móviles, dos carteras, una mochila, tres sillines de bicicleta, un jersey, un pulmón, el corazón, medio diente y toda esperanza.

9. QUERER A UN GATO

Hemos perdido el tiempo.

Lo hemos tirado a la basura discutiendo. Intentando cambiar para gustarle a alguien; hemos perdido tiempo cuando nos hemos quedado horas revisando el móvil o cuando no hemos sido capaces de decírselo. Qué más da si dice que no.

Lo hemos perdido también queriendo transformar las negaciones del otro, haciendo sandeces y viendo tonterías, comiendo deprisa y mal, estando donde no queríamos, dando excusas y aceptando evasivas. Preparando todo para que parezca nada y quedándonos con cualquier cosa por si acaso.

No ha servido de nada el tiempo empleado en hacerse el tonto, porque ahora el empleado del mes no eres tú. Tampoco ha valido agacharse, ni alzarse, ni siquiera quedarse. Hemos perdido el tiempo pensando que no serviría de nada, cuando la nada es lo único que no sirve. Horas desperdiciadas sin leer, sin querer a un animal, sin dedicarle un segundo a tratar de comprender lo absurdo del chovinismo.

Tú, yo, ellos, nosotros y vosotros dejamos escapar el tiempo mientras no nos tendemos en el suelo a sentir lo caliente que puede estar la tierra a mediodía.

Mientras nos empeñemos en pensar que salir a la calle, quejarse, preguntar una y mil veces no sirve de nada.

Hemos perdido el tiempo si sigues creyendo que feminismo y machismo es lo mismo. Si rebuscas pretextos en «denuncias falsas de mujeres» o en «hombres perjudicados por la violencia de género».

No lo hemos ganado si prefieres mirar, si optas por reírte o si, simplemente, estás ahí sin hacer nada, sin decir nada. Porque nada es lo único que no sirve.

10. CABALLOS

Agonizando, pero sin parar en un eterno lapso.

¡Oh, si todos mis cabellos atraparan a alguien!

Si eso ocurriera, no sería posible despejar la X.

Deixa'm abraçar-te tendrament i calla que es molt tard i ha arribat l'hora de dormir.

Lévame, lévame á beira do mar, nunha noite prateada.

Si todos mis lunares se juntaran en uno solo habría una mancha del tamaño de un corazón o de un puño, que es lo mismo. Si los uniera con una línea tendríamos cometas. Las volaríamos en días de viento, las mañanas en las que no me marease.

Saldríamos al prado donde habitan los caballos y seríamos dos chicas salvajes.

Si yo fuera un poco menos yo, no serías tú. Y si tú no me hubieras conocido, ninguna de las dos hubiera conquistado la soledad encubierta. Ahora que nos tenemos siempre podríamos irnos al puente de mando y olvidar lo que es tener necesidad de otra. Y aún nos quedaría estribor.

Navegaríamos durante siglos para calmar las ganas de comer (nos).

11. REUNIÓN DE PATOS

Mis padres eran machistas, así que solo salvaron a mi hermano. Ignacio tuvo todo: un disfraz de Chewbacca, una linterna con
varias funciones y rayo láser, uniforme y excursiones a Madrid.
Regalos de compensación y de felicitación, dos tijeras y un montón
de revistas. Cuando se cansó de las revistas y una de sus tijeras,
que no cortaban bien, las heredé yo. Empecé con *collages* y acabé
entre mujeres desnudas con tatuajes.

También tuvo nada. Ignacio nunca tuvo que hacer la cama
ni poner la mesa, nada de hora para volver ni excusas para salir.
Claro que cuando su novia lo invitó a su casa de San Sebastián y le
dijo que pusiera la mesa Ignacio se desmayó y llamaron a mamá.

Fueron a buscarlo en coche. Con los años incluso mi madre
le dejaría el Cadillac. Pobrecillo.

Él nunca montó a caballo ni condujo un Ford en Italia, no
tuvo que esperar el tranvía ni se mareó en transporte público.
No cruzó Francia en autobús ni se pudo poner una camisa rosa.
Nunca lo invitó a cenar una chica y ni siquiera pudo llorar en el

cine. Ser machista es duro, tienes que estar siempre pretendiendo y alardeando. Y, sin embargo, acabas siendo pequeño y corto, abandonado entre dos grandes conflictos. Como las infancias en México, que lidian entre dos montañas. Pero nadie repara en ellas.

Mi madre es más machista que mi padre, pero mi padre no compite. Se lo prohibió el médico porque estaba empeñado en ganar a todo y, claro, uno no puede ganar a penas y alegrías por igual. Así que la mayoría de las cosas le llevaban al borde del infarto.

Al ser mis padres machistas, mis amigas y yo íbamos a mi casa a divertirnos; nos sentíamos como *hippies* ante un escuadrón de la Guardia Civil. Bueno, íbamos también por los pastelitos y los canapés, que estos padres machistas míos se reunían cada domingo para comentar y decidir cosas de su religión.

Fijaban el toque de queda y los centímetros de la falda, es que la mayoría tenía estudios superiores relacionados con la teoría de cuerdas. Todo era un tira y afloja.

Pero al final es como siempre, que tienes dos opciones: tomarlo o dejarlo. Así que dejamos la falda como estaba y nos tomamos un par de chupitos y la justicia por nuestra mano.

Brindamos por todos los que caerían en combate.

12. PINGÜINO GANA A MASCULINO

Dadnos una noche de tregua. Dejad que salgamos y que volvamos, que bailemos y no nos quememos. Dejad de mirarnos y querer amarnos.

Que no haya demandas, que no haya nada que pagar o algo por lo que llorar. Que nadie sepa lo que se siente cuando no se quiere, cuando la carne arde y el alma quema. Que no nos hagan pedacitos por un caprichito. Que todo quede en calma, aunque esté a oscuras.

Dejad de notarnos flacas, de llamarnos gordas y creernos muertas, porque vivas nos queremos. Una noche y mil siglos de tregua para todas las mujeres.

Una noche sin estar en vilo. Que llegar a casa no sea un castigo, que acostarse contigo no sea un peligro. Cientos de segundos en los que no se caiga el cielo a este y al otro lado. Que no haya madres buscando en la cuneta pedacitos de su alma, que no haya padres vaciando cunas.

Que no haya que pasar un duelo. Que queden libres de pecado todos los besos, todos los cambios. Que sea lo mismo llegar en falda que no. Que no importe lo que creas, deja que decidamos.

Una noche de tregua en la que no haya dolor que contar.

13. ANAKONDA

Siempre acierto a la última.

Estuve yendo por el camino más largo casi un año; solo después de mudarme de casa, y abandonar ese lugar, noté que si seguía recto llegaba sin tener que dar la vuelta entera.

Pasé meses usando mal el termo, abrochando al revés las correas de mi mochila y conservando incorrectamente el plátano.

Semanas y semanas con el sillín de la bici mal puesto, la cama haciendo ruido y los trabajos mal escogidos. Me empeñaba en el error por no mirar alrededor.

Vine a darme cuenta una vez que me había acostumbrado a la confusión, cuando ya había usado la equivocación a mi favor.

Tardé años en notarlo, veranos completos para aceptar lo que no iba a pasar, para ver lo que iba a ser. Toda la primaria empeñada en bajar la calle con la bici. Secundaria entera tratando de hacerlo sin manos, para volver de la universidad y poder besar a chicas sobre ruedas.

Siempre acierto a la última.

Esta es la excusa por no haberme ido antes, por haberme tragado tres tormentas de otoño y una de primavera, por no haber abandonado, por haberlo intentado contigo, por no haber muerto ahora que os habéis ido. Esa es la excusa de mis cinco currículums, de las mismas universidades, de todos los amores y las mil habitaciones.

De los rasca de la ONCE, de las barras de bar y las fiestas de despedida, de los trabajos pasados y las amantes presentes, eso último es intercambiable. De todos los aviones perdidos y los viernes prohibidos.

Mañana, este verano y el año que viene voy a equivocarme todavía más, voy a intentarlo otra vez. Siempre acierto a la última.

14. LA DANZA DEL ÑU

Tengo el suelo lleno de trastos. Tengo dos maletas abiertas en canal, esperando una señal. Los zapatos esparcidos, marca inequívoca de un desorden afectivo. Tantas habitaciones en las que he dormido, para soñar siempre contigo.

Tengo todavía restos de quién me ha querido, tantos trabajos que he tenido y ningún céntimo en el bolsillo. Todo es inversamente proporcional a lo que poseo. Hoy llegaré tarde y acabarán por echarme; pero nunca he dejado un texto sin acabar ni un orgasmo a medias. Bueno, tal vez.

Me llama mi madre.

—Son los idus —me dice—. Estate atenta que, mañana o pasado, te van a traicionar.

Me cuelga, porque voy a llegar tarde.

Además del ordenador, la paellera y la bici, ahora poseo también algo de angustia vital.

He perdido el sujetador, he encontrado un Durex efecto calor esperando en el cajón. El reloj se ha vuelto a atascar en las dos. Han aparecido mis abuelas en mi habitación, mientras buscaba bajo la cama alguna excusa a mi tardanza. Han cantado al unísono: «Todo fin hasta la última esperanza».

Doce horas antes de la mudanza y todo me suena a danza. Será que está por llegar la evasiva para bailar todo el fin de semana. Aquí hago una pausa, porque aún me queda otra mudanza.

Tengo el suelo lleno de papeles. Tengo tantos currículums falsos como amores imaginarios.

Pero tengo siempre la misma suerte: todavía poder escribir.

15. MOSQUITOS

Sigue la vida como sigue la guardia costera a los espaldas mojadas. Lo mismo que las noches a los días o que mi hermano a sus sueños. Sigue todo como si nada, o nada como si todo, porque así sigue.

Igual que con la mirada siguen los vendedores las líneas de tus caderas, tal y como avanzan las horas para llegar por sorpresa a final de mes; o al baile de medianoche.

Que la vida sigue, como sigue el ejército israelí tras los palestinos que quieren viajar. Continúa, como siguen las mujeres de México muriendo en primer lugar, para que *El* cuento *de la criada* no sea solo futuro imperfecto.

Que sigue la malaria e insiste el calor derritiendo los polos mientras tú y yo no nos comemos ni un helado, porque basta con un órgano congelado. Que ahí sigue el presidente de los Estados más Unidos y mis ganas de beber(té).

Pasan las semanas con la misma facilidad con la que se cambia de tren y de ciudad. Sigue lo conocido espantando lo desconocido, porque persiste el miedo a quedarse sin conocidos. Que sigue la vida llenando de cementerios los campos que soñábamos atravesar en bici. Que sigue, aunque no quede ni rastro de aquel plan, como sigue mi bici.

Marcha todo como marchan los brazos con la cara al sol o las camisas en la bota, porque siguen los temores acechando las arcas de los señores. Porque siguen pidiéndome que escriba sobre ellos, sin pararse a pensar que de lo único que escribo es de ti; es sobre ellas.

Que sigue la vida, pero no se deja atrás ni un segundo sin celebrar que en un minuto todo puede cambiar.

16. DIOS ES UN CIERVO

Los ingleses mueren igual. Solos en sus casas, arropados hasta el cuello, con un montón de chocolatinas y un par de críos sucios correteando por ahí. Encogidos en la terraza del Starbucks. Tristes en el autobús, porque nadie se fija en sus chanclas de octubre.

Dichosos porque el sol de otoño aún se acuerda de ellos. Perdidos en la combinación perfecta entre formularios y cafés de media mañana. Compactos frente a sus pantallas. En pijama y sin previo aviso.

La familia Wildman es silenciosa y cena a las siete; y los de enfrente, en la misma calle de Easton, abrumadores. Y omnipresentes también. Desde que murió Khenan, siempre están en el porche. Y, a veces, cantan voluptuosas canciones de Jamaica.

Otras veces, las menos, solo claman al vacío, nunca del mismo modo, como si el papel de Dios fuera intercambiable. Como si no importara que el todopoderoso pudiera ser lo mismo un ciervo que un banjo. O la araña que hay encima de nuestro fregadero, en la claraboya que da al cielo. O como si Dios fuera el propio Khenan, lo mismo da.

Cargo cajas en un almacén. Las apoyo sobre mi pierna derecha y las arrastro como puedo hasta que están lo suficientemente cerca como para acomodarlas en la máquina elevadora. Un Toyota. Un apilador eléctrico que conduzco sin orientación. Marguerite no me conoce, pero asegura que tener razón demasiado pronto es lo mismo que equivocarse y que la costumbre lleva a un fin sin gloria, pero también sin desastres. Y mi tutor, que Hamlet era príncipe por nacimiento. Se podía permitir dudar, pero yo no.

Cuando Khenan, mi vecino, murió, yo estaba cargando cajas.

Desde entonces no digo nada, por no equivocarme y porque lo único que sé es que la muerte es un cerdo traicionero. Que el mango sabe a aguarrás, que las manos se reblandecen bajo el agua y entre las piernas de otra persona, que los ancianos ya no lloran, sino que esperan y esperan, y que casi siempre es más fácil continuar un error que solucionarlo.

Me callo para no dudar.

¿Qué hago aquí?

No hablo por no decir que Nueva Zelanda está lejos y Alemania cerca, porque también puede ser justo al contrario. Sé que escribir es como fumar y que a las cuatro de la mañana puedes poseer una ciudad entera.

En los pasillos del almacén coincido con Goodson. Él lo niega, pero yo sé que es más hijo de Dios que cualquiera de nosotros, ahora que Khenan no está.

Goodson es de Nigeria y se empeña en ayudarme con las cajas más pesadas. «Son de aceite», me dice. Porque Goodson lo explica todo sin dejar de mirarte y haciéndote comprender que hasta lo más pequeño e insignificante merece una explicación. Lleva doce años en Reino Unido y tiene la nariz destrozada, como si hubiera tenido viruela. Dice que no quiere volver a su país.

Cuando llega mi turno, contesto que sí. Que yo sí quiero volver al mío. Que anhelo trabajar en la universidad o en la redacción de cualquier periódico; pero que en un sitio u otro escribiría lo mismo.

Porque escribir es como fumar.

—Cuando hagas eso —me dice serio Goodson—, escribe de mí, cuenta lo hermoso que luzco, pero no digas que soy Dios, porque entonces todos querrían venir a conocerme, empezarían a pedirme cosas y estarían enormemente enfadados porque no podrían llegar a comprender que nunca se te concede lo que pides, sino solo aquello que no imaginas.

—*Affare fatto* —le digo yo en italiano. Porque en ocho horas cargando cajas me da tiempo a ganar un Óscar por el mejor papel de actriz revelación y a susurrar en italiano, por no olvidarme y por sentir que aún estoy viva.

Pero, sobre todo en honor a Khenan, que también tenía dos idiomas.

17. LA RESISTENCIA DE LAS YEGUAS

Los arrepentimientos quedan para cenar; después salen a bailar. Son como viejos conocidos en la barra de un bar. Suelen hablar, pero les cuesta confesar.

Los míos son dos, un par de enormes yeguas que salen a cabalgar. Una clara, otra no; una vieja y otra nueva; una eres tú y otra ella. Siempre van conmigo, pero solo al llegar a casa hacen ruido. Hoy nos hemos reunido para firmar la tregua de esta guerra, para determinar si se quedan en tierra o se vienen a la sierra.

Ahora que me voy, les digo: mejor os quedáis. Ahora que no estaré, murmuro, no hay nada seguro. Pero nos volveremos a ver en un futuro, aseguro.

Cuando ya no haya nada por hacer más que tomar café al amanecer.

Entonces, y solo porque será Navidad, firmaré el final de la resistencia. Sin violencia, pero con urgencia. Para acabar con la oposición que presenta mi cuerpo al ser atravesado por una corriente eléctrica.

Pediré clemencia porque no se perdona lo que se ha sentido, pero no se ha remitido. Porque no se guarda un cadáver que ni siquiera ha nacido, que nunca ha vencido.

Porque una vez fingido, todo es sabido; nada es fluido. Porque una vez zurcido, se permanece unido; por eso, y a falta de haberlo argüido, llega el armisticio.

18. VENCEJOS

Vamos a repartirnos la ciudad. Para ti, los parques; para mí, los bares. Yo al cementerio no vuelvo y el hospital cae en el olvido para ti. Para mí, las casas bajas, los barrios de las afueras y las albercas; para ti, las azoteas, los pisos altos, los barrios céntricos y las piscinas.

El cielo lo compartimos; para mí, las últimas luces; para ti, las primeras. Los días soleados te los cedo, pero los de tormenta y lluvia me los quedo. Te cambio todos los árboles por ver las amapolas en mayo; todos los perros por los gatos.

Los pájaros de nadie.

Me quedo las paredes en blanco para escribir en negro; te dejo los muros altos para que cantes en colores.

Para ti, toda la primavera; para mí, volver a casa por Navidad.

El verano, como el cielo, lo compartimos, y del otoño nos olvidamos o lo repartimos. Para ti, el Prado, las Terreras y el Inem; para mí, la Vía Verde, el Recinto Ferial y Los Ángeles.

Las bibliotecas, el cine y los museos a medias, que en eso no hay partición posible. Para mí, la Pandorga; para ti, la Zurra.

Para mí, toda la lucha feminista; para ti, también. Para ti, todos los reproches a los chistes machistas; para mí, todas las explicaciones a los clásicos antifeministas. Para ti, la perseverancia y el control; para mí, la formación y el humor.

Para ti, la educación sexual; para mí, la de género, y el rechazo a cualquier agresión por amor lo compartimos, porque en eso tampoco hay partición posible.

Para las dos «te voy a querer hasta el final», anónimo y sin género, porque no importa el final si se construye desde el principio.

19. DOS PALOMAS Y MEDIA

Me voy a acostumbrar a estar sin ti. Y tú también. Va a ser horrible, muy triste al principio, tremebundo luego. Estarás mal, como si una vulgar enfermedad se instalara en tu cuerpo. Estaré sin estar. Lloraremos un poco, cada cual a su manera.

Voy a hacer cosas que hace tiempo no concebía y otras que jamás hice. Voy a decir tonterías y a extrañarte tanto que lo negaré. Sin ti, me voy a acercar a otras personas, iré a otros lugares. Mejor o peor, no hay forma de saberlo. Solo queda vivirlo.

Antes de irme, tú me mirarás. Me examinarás con una desidia infinita; fruto de tanto amor que duele, resultado de tantas cosas buenas que no pueden sostenerse.

Yo te querré por el resto de los tiempos, exactamente como tú.

Te voy a querer como la suma infinita de las tardes al sol, como todas las noches de insomnio y algunas mañanas de frío. Hablaré siempre de ti, pasen los meses que pasen, lleguen, o no, otros años. Voy a contarte, a regalarte a los otros.

Tendremos pesadillas y sueños; nos dormiremos rendidas o no podremos pegar ojo de la excitación, pero ni tú ni yo sabremos eso de la otra. A veces te imaginaré en tu cama; feliz, siempre con esa risa tuya entrecortada y escandalosa, justo como no eres.

Un día, alguien te hablará de mí o a mí me hablarán de ti; ten por seguro que voy a sonreír. Lo haré mientras pasan los días o llegan los años, y tú y yo volvamos a vernos.

Entonces nos daremos un abrazo y quizá lloremos un poco, cada cual a su manera.

20. LA IMPORTANCIA DE LAS ABEJAS

Las flores dijeron que ibas a estar bien, que no querían aún ir a visitarte. Los árboles te explicaron que ibas a correr; los mares del mundo entero te querían entre sus brazos en verano y en invierno. Las ardillas del parque, los gatos, las cucarachas, las abejas y los perros callejeros, los músicos del metro, todos los ancianos con boina y los albañiles. Todos iban a verte pasar.

Los pájaros han dicho que no te quieren volando con ellos. Y el viento no deja todavía que estés en lo alto. Un pez le dijo a otro que ganan los mosquitos; que quieren morderte el culo en verano.

No te preocupes, tu amor te besará de pies a cabeza. Volverás a clase y del trabajo a casa. Comerás pizza y sabrás qué se siente después de beber demasiado. Subirás al sexto sin ascensor y al cielo con sexo. Vas a sentir lo que es poseer tu cuerpo y alguno más.

La lluvia dice que aprecia tu esfuerzo, pero que eres mejor riendo que llorando. *Piazza Navona* te ha visto ya, pero un gran cactus del desierto de México te espera todavía.

Las paredes dicen que están encantadas con verte sin ropa; es tan, tan bueno que se lo cuentan a las ventanas y estas a las mariposas que llevan el mensaje a las enamoradas y ellas contestan que tu mente es aún mejor.

Dicen las camas del mundo que aman tus orgasmos, dicen los libros que ansían tus manos y las salas de cine que adoran los latidos de tu corazón. Las páginas en blanco desean que dibujes, que escribas, que bailes y que no pares.

Recuerda que te quiero.

Y no olvides que te quieres.

21. UN AÑO DE PÁJARO

Quiero ser tierra un año entero. Dura y pequeña, dividida en mil pedazos y presente siempre. Que digan «la tierra llama» y yo me dé por aludida; y te atraiga hacia mí. Que me mojen y huela a maravillas, que me aplasten y hagan albóndigas conmigo. Un año entero de heridas curadas.

Que digan «trágame tierra» y yo te coma enterita, saboreando cada trocito. Que maldigan la tierra en la que nacieron y yo me sonría taimada. Un año entero de poemas desnudos. Quiero escurrirme entre las manos de María y que mi madre me use para trasplantar sus geranios; que pase horas arrodillada sobre mí, recogiéndome con una cuchara o la azada que tenemos en el jardín. Me gustaría gastar los casi cuatrocientos días siendo tierra, para al año siguiente pedir ser música.

Y después de eso, un año de pájaro, porque el de inmigrante y el de camarera ya los cumplí. Porque no voy a repetir el año que pasé siendo huracán, ni el que superé olvidándote, ni en el que fui roja como el pelo de los niños de mis vecinos. Volvería al año de la cárcel solo para abrazarte, eso sí.

Si fuera tierra me tendería en el bosque a esperarte. Me colaría en los bolsillos y en los zapatos, y esperaría a que llegaras a casa y te desnudaras; me quedaría muy, muy quieta y me deleitaría. Entonces tararearía la canción de la tierra muy flojito y para adentro, casi como queriendo que no la oyeras.

Sería arcilla los sábados y arena los domingos. Un año entero siendo elemento para no llevar gafas ni bragas. Doce meses sin usar paraguas.

22. LEÓN

Yo hablo con mis hijos todos los días. No como una madre de esas modernas que no creen en el «no», desprecian las sanciones y les explican todo con una suerte de metafísica infernal que los encamina hacia el despotismo.

Les hablo a gritos y disgustada casi siempre. Con rabia, porque la mayor parte de las veces me dirijo a ellos cuando acaba de sucederme un episodio de enfado o desilusión. Es por la humanidad, que es macabra y egoísta hasta la saciedad. Podría decirse lo mismo sin tanta crueldad.

Mis hijos son tres y no escuchan. Todos se llaman León, que da igual si son chica o chico.

Aunque enfadada los entrenaría para asesinos, casi siempre acabo por decirles que piensen en los demás, que no sean malos con los otros. Tampoco interesados, que eso es feo. Pero, sobre todo les explico que si hay algo que controlar es la lengua, que respiren antes de hablar, porque enseguida se falla y no hay vuelta atrás.

Que si sienten que alguien no les tiene aprecio, no les muestra cariño o hace alarde de una tremenda irritación cuando ellos están presentes, que se alejen.

Tierra de por medio, porque, aunque sea triste separarse, más triste es quedarse sin quererse; eso trae consecuencias horrendas.

Les digo también que salgan de casa para que puedan volver tarde y mientras los regaño ellos sonrían por dentro por lo que han vivido.

Que salgan de su barrio, de su ciudad, que aprendan a saber dejar atrás y darle importancia a lo que la tiene, que no hagan a nadie dependiente y que si quieren a alguien no lo conviertan en un cretino, por favor. Que no se enfaden si algo no les sale y, menos aún, sean unos imbéciles cuando algo no se haga a su parecer.

Que, por favor, haya alguien que no los quiera y que sientan también lo que es estar destruido por otro que no siente lo mismo, porque sí, es horrible, pero peor es ser siempre alabado.

Que les nieguen cosas, que se encuentren con trabas, que suspendan, por favor, que se peleen y maldigan en silencio.

Ah, pero también les digo que ojalá haya por ahí una persona que los ame como un loco, y que los recoja a la salida del trabajo o la universidad o donde quiera que acaben el día de mañana, porque lo mejor es que te vayan a buscar a la salida.

Mis hijos no me entienden, pero yo sé lo que me digo y no desisto. A mí es fácil verme en el autobús o en el supermercado hablando sin mesura con mis hijos, repitiéndoles lo más importante, lo único que sirve: que se laven los dientes, por favor. Que se los laven y se pasen el hilo dental siempre.

23. CÓMO CONVERTIRSE EN UN FELINO

Hans nunca se abrigaba. Lo hacía aposta, como quien limpia de rodillas el suelo o se come un paquete entero de bizcochos de una sola vez. Un castigo como cualquier otro. Los punk, con sus cadenas al cuello, los modernos, cegados con su propio pelo, y toda esa gente que se denominaba «clásica» e iba en tacones o con corbata no eran más que los nuevos flagelantes. Igual que Hans o los borrachos, que se autodestruyen. Castigos sin receta.

Pues él no se abrigaba. Y era extraño, porque jamás caía enfermo, no le afectaba el aire ni le molestaba el frío en sus pulmones.

Sin embargo, la lluvia sobre su pelo liso le recordaba lo triste que estaba. Alardeaba de no necesitar a nadie, pero era mentira. Era tan vulgar como los otros, siempre con sus anhelos, su alma dañada y esa esperanza pospuesta, como la de Christy Brown, que enfermaba el corazón.

Raras veces, cuando se lo permitía en realidad, quería a alguien. Pero entonces era horrible, para él mismo y para el otro.

Quienes lo conocían solían decir que era mejor no gustar a Hans, pues que te quisiera suponía el principio de un horrible camino al que te arrastraba sin mediar palabra.

Lo peor de todo, decían, es que no sabía dejar ir. No tenía límite y lo enfermaba terminar cualquier cosa.

Acabar con alguien era algo que lo hacía empequeñecer, pues él jamás quiso dejar a nadie. Lo ponía furioso.

Además, llevaba sus relaciones hasta el final cuando ya no había más solución que la de desaparecer. Entonces Hans lo aceptaba, nunca antes.

Aunque hubo una vez, hace ya tiempo, en la que quiso tanto a alguien que tuvo que parar. Fue la primera vez que Hans no eligió, al menos, no del todo.

Pero eso era porque él era de otro mundo y nunca sabías si te había dejado elegir o había sido cosa tuya.

Aquella vez fue la peor para Hans, no pudo soportar tanta luz y lo mató su libertad. Que él no lo necesitara le machacó el alma. Esa vez fue la última.

Pero antes, juntaron sus cuerpos en todos los baños de las discotecas, en las duchas ajenas y en cualquier cama. Eso fue cuando ya habían probado el nopal y cuando habían ido a la playa con frío.

Después, Hans empezó a mentir todos los días. Hasta los sábados, y eso que andaban liados con la verdad. Mentía tanto que, cuando no podía más, se encaramaba a un árbol, el más alto que hubiera, y empezaba a contar los tejados, las chimeneas o las ventanas de la ciudad que tuviera a sus pies. Uno no miente cuando cuenta. Si acaso, se equivoca, pero no miente.

Y así, de árbol en árbol, fue como Hans se convirtió en gato y se hizo alérgico al segundo mes de cada año.

24. MEMORIA DE PEZ

Las horas largas acaban en -ar, -er, -ir; pero no se conjugan. No son como la hache, estas suenan. Chirrían como si todos los hombres hubieran enloquecido por la misma mujer. Se pronuncian como si ella quisiera leer en lugar de barrer.

Las horas largas no son muertas y lo mismo dura una boda que dos oposiciones. Cien mil *Tears in heaven* o un único *If I needed you.*

Y luego de eso, nada; excepto otra vez lo mismo. Hasta que quieres tanto algo que lo aborreces, hasta que te duelen tanto las piernas que notas como el suelo se ablanda bajo tus pies, facilitando una invitación que llevas demasiado tiempo rechazando.

Porque sabes que derrumbarse no sería nacer de nuevo, sería morir en mitad de la mejor fiesta a la que jamás te invitaron. Después de haber bordeado el infierno, haber atravesado dos corazones, haber perdido el tuyo y haber bailado un vals eterno sin conocer los pasos, después de todo eso, morir sería por algo mínimo.

Sucedería por una estupidez. Un cacahuete que no baja, después de las mil y una noches en vela, un resbalón en la ducha tras habitar en medio del Nilo. Una tarde a solas, un gesto o tres negaciones tuyas.

En las horas largas no te caben los zapatos. Se conduce sin saber cuándo parar, se sudan todos los males, la sangre es mitad Bourbon y jamás, jamás se llega a tiempo. Siempre, un segundo tarde.

No se niega en las horas largas, se asume. No se extraña a la otra persona, se canta vestido de negro. Por los derrotados, las víctimas del tiempo y los hambrientos de la ciudad.

Las horas largas comienzan ahora mismo y no terminan hasta que te oigo decir mi nombre sabiendo que, quizá, nunca lo digas, porque tú ya no recuerdas nada.

25. CUERVOS

El día que fui morena lloré. No desconsoladamente ni nada parecido, nada más que un sollozo leve pero constante. Como de resignación, como quien no tiene otra opción que la de aguantarse.

Además, el día que me teñí el pelo de negro por error, me tumbé en la cama. Solo me levantaba cuando reunía las fuerzas necesarias para llegar hasta el espejo del baño.

Me quedaba absorta; drogada en realidad.

Únicamente cuando una fuerza sobrehumana me invadía me miraba en el espejo del pasillo, ese que es de cuerpo entero y está mejor iluminado. Luego, corría despavorida de vuelta a la cama.

No me reconocía; y eso me asustaba.

Cuando uno no se reconoce, sucede algo horrible: siente tanta soledad que es imposible creerse en el lugar y el tiempo presente.

También me reí. Consideré que era un poco absurdo no sentirse propia solo porque el pelo no sea el de una. Era estúpido, pero tan simple como veraz. Una es lo que es por todo, por dentro y por fuera.

Ese día, pensé que debía ser horrible no aceptarse. Es una batalla infernal. Debe ser un suicidio por fascículos no quererse, no admitirse. Estás por estar, porque lo único que te interesa es tu guerra. Tu pena inmensa. Imaginen entonces si este dolor proviniese de una nariz, o de unas manos demasiado grandes, de un cuerpo que no se adecúa a tu mente, de un gusto diferente o unas ideas desiguales al resto. Sería una guerra.

Y hay tantas guerras que espanta. Porque, aunque sea deslumbrante estar en armonía, aprobarse es tremendamente difícil. Es difícil porque las cosas sencillas nos parecen menos válidas. Y eso es una patraña enorme.

26. AULLAR SIN SER UN LOBO

Me hubiera gustado ser una nativa americana. Mejor dicho, me hubiera gustado ser salvaje. Ajena y descontrolada. Me hubiera encantado correr descalza y oler un poco mal, nadar todos los ríos y rechazar al más viril del clan.

Agacharme y aullar para atraer a los animales. Alzarme y tocar el vientre de las aves. Pasar horas afilando un palo, sentada en mitad de las rocas de un acantilado. Hablar con los muertos y bailar con los vivos. No tener informe semanal, que diera lo mismo par que impar.

Que no hiciera falta salir solo porque es sábado y dormir porque se llama martes. Brindar por estar viva no tiene día, cantar de pronto no es de locos y hacer algo distinto no te deja fuera, no es estar perdida.

Porque solo hay un modo de empezar, y es desde cero. Igual que solo hay una forma de vivir, y es sin morir. Porque ambos acudimos a la llamada, pero solo yo me estremezco, brevemente, ante lo rutinario.

27. LUNES DE PERROS

Todo ocurre después del domingo. Seguramente hayan pasado días cocinando, creando, cagándola, construyendo, fraguando o luchando, pero no será hasta el lunes cuando todo suceda. Derrotaron a Napoleón un lunes, y por fortuna eso supuso el fin de la batalla de Waterloo. Era lunes cuando se fundó la ONU y cuando Alemania se rindió en la II Guerra Mundial.

Era 7 de mayo y primavera, pero todos los alemanes estaban agotados ese lunes e izaron la bandera blanca. Ya era hora. También era lunes cuando el Apolo XVI pisó con éxito suelo lunar el 27 de abril de 1972.

Warhol presentó sus latas Campbell un lunes, el mismo día de la semana que salió de una fábrica el primer tarro de Nutella, Los Sims, Mickey Mouse, Kurt Cobain y el primer capítulo de *El príncipe de Bel-Air*. Todo en lunes.

Jesse Owens ganó su primera medalla de oro el lunes 3 de agosto de 1936; el lunes 17 de mayo de 1954 el Tribunal Supremo de Estados Unidos anunció una de sus decisiones más importantes: la igualdad y la no segregación de los estudiantes en las escuelas públicas.

Diana Nyad hizo realidad su sueño el lunes 2 de septiembre de 2013, nadó de Cuba a Florida cuando tenía 64 años.

El 23 de febrero de 1981 también era lunes. Exactamente igual que hoy, que hay un golpe de estado en la isla. De sólido se pasa a líquido y, siendo líquido, se va a nadar o se conduce una bici tan deprisa que se pasa a ser aire.

Y de aire se baila por todos los rincones.

Así que atentos, miren al cielo porque todo cambia en un instante, la forma en que los cuerpos toman aire y para el tiempo.

28. CACTUS Y COYOTES

Hace años estuve muy triste. Viví el fin de un amor y tardé en acomodarme a la vida en sociedad. Pasaba cantidad de horas sola; en casa o fuera, pero sola.

Aunque normalmente me acompañaban un atlas y un cuaderno en blanco. Abría el atlas al azar y absorbía todo lo que podía del país que me había tocado en suerte. Después, lo escribía en el cuaderno.

Mi mayor descubrimiento fue Vanuatu. Nadie sabe nada de Vanuatu. Tiene tres lenguas oficiales, no es para nada un país grande y no siempre se llamó así; primero fue Nuevas Hébridas, aunque ya solo se usa para referencias históricas.

Ahora, a miles de kilómetros de Vanuatu, he vuelto a él de la mano de Amélie Nothomb quien, además, me presentó a Simone Veil, con quien he pasado el domingo.

Simone es impactante. Una no puede esperar llegar a conocerla. Me entró de golpe, sin más vueltas que un «aquí estoy yo después de todo». Se me presentó proclamando que todos los pecados son intentos de llenar vacíos.

Aunque haya sobrevivido al Holocausto, promulgara la ley que despenalizó el aborto en Francia y fuera la primera mujer en presidir el Parlamento Europeo de Estrasburgo, Simone no impone. No te mira con ojos inquisidores ni se detiene a evaluarte, solo te reta. Un reto infinito que toda mujer lleva consigo misma.

Comprendes y ella sonríe. El reto siempre ha estado ahí.

Ella de su reto no habla. Tampoco hace falta, el reto es para quien lo afronta.

—¿Qué pasa contigo entonces? —me pregunta con toda naturalidad.

—Algo marcha mal dentro de mí.

—¿Y qué? ¿Acaso no has visto suficiente cine, no has pecado lo que querías? Una puede tener todo su interior dañado, el corazón infecto y el cerebro ausente, y seguir. Seguir soportándose, seguir a las puertas sin llamar; seguir, porque es lo único que hace que pares. Seguir es lo que mejor sabemos hacer nosotras. Puedes verme ahora, ¿verdad?

—Sí.

—Antes no era así, nadie podía verme. Solo existía cuando bailaba, así que aprendí a bailar mientras hacía lo que tenía que hacer, mientras avanzaba imparable consumando ese reto mío que es tan antiguo, tan viejo como yo. Baila, baila a todas horas y deja de taparte los oídos.

—Vanuatu. Nadie sabe nada de Vanuatu, pero existe. Y es riquísimo, y baila y sirve. Sirve porque es perfecto para la función que desempeña y eso lo hace bello.

Ella asiente en silencio y yo me relajo. Simone y yo vamos a pasear por lo alto de la ciudad, buscamos algo dulce que se derrita en nuestras bocas.

Luego bailaremos.

—¿Sabes que mi segundo nombre es Annie? —me pregunta con la voz grave, como si eso fuera lo más importante del asunto.

Ahora soy yo quien asiente en silencio. A Simone le gusta tanto como a mí buscar coincidencias y establecer conexiones.

Compartimos nombre, calma y admiración por los coyotes.

29. LAS CABRAS NO SE SUICIDAN

Cuesta tiempo ignorar algo, llegar a ser quienes somos. Cuesta más de un invierno saber que el verano puede ser un bálsamo o un infierno. Prestarse al olvido trae consigo un gemido; y saltarse una estación puede causar aprensión.

Hacen falta años para ver lo extraño de la situación, para salir de la confusión. Días y días tratando de ser sabios, para en dos segundos caer en tus labios. Siglos junto al mar para, al fin, saber que todas esas noches en vela no son más que mañanas sin pena.

Para reconocer que sirvió de algo perderse, llorarse, reírse, olvidarse y volver a recordarse. Porque a veces preguntas y, sin querer, respuestas. Porque está prohibido suicidarse en primavera y lamentarse en agosto. Porque a veces faltas y, sin querer, exaltas.

Meses bailando para no salir escapando, semanas construyendo lo que otros acaban comprando. Me va a faltar un otoño.

Aquí, donde no existes, no veré la caída de las hojas, ni el inicio de los vientos que traen consigo el invierno.

Pero voy a vivir dos veces primavera, doble o nada para cansar al olvido y seguir contigo.

30. TREINTA HORMIGAS

Uno, dos, tres, cuatro, cinco. No hay que llorar, son cosas que pasan.

Diez. Eres buena, te van a querer.

Quince. Qué bonita tú, joder.

Dieciséis, diecisiete, dieciocho, diecinueve, veinte. Siempre supe que no iba a durar, y tú también.

Veinticinco. Revélense, y que le den al qué dirán.

Veintiséis, veintisiete, veintiocho, veintinueve y treinta. Estamos vivas, y bailamos.

Pasen sin dormir al menos una noche. Que les pille en una estación, de fiesta o leyendo. Viendo una película o todas las temporadas de alguna serie. Paseando por ahí, haciendo equilibrio o comiendo de madrugada. Que les pille siempre bailando. O teniendo sexo.

Cuélense en un evento. Sin premeditarlo, pero quédense. Tomen cerveza o vino, cojan un poquito de queso y hablen con desconocidos. No encajen, pero siéntanse parte. Aprendan a disimular, piensen que, en realidad, llevan mucho haciéndolo. Cada vez que hacen que no parezca amor, cada vez que miran de reojo o ponen un «ja, ja, ja» en lugar de un «cómo me gustas, joder».

No pasen vergüenza. No piensen que la gente está mirando o que aquel de allá cree que eres estúpida. Nadie te observa y te estás perdiendo un montón de cosas por nada. Pide otra cerveza, reclama tu tapa, pregunta una o cien veces, no pasa nada. Da un abrazo en mitad de cualquier parte. Acepta invitaciones, ríe alto y ponte el bikini.

Viajen ssolas, coman solas. A donde sea. Al pueblo de al lado, a otro país. A cualquier sitio, pero solas. Cojan un autobús, el tren, lleguen y vean. Vuelvan y cuenten. Coman, al menos, una vez sin nadie más en un sitio público. En cualquier restaurante o cafetería, no tengan prisa. Pidan postre y sonrían al camarero.

No pierdan a su alma gemela. No lleguen a este punto, no sean tan idiotas. No dejen de escucharla, de entenderla, que no se muera lo que crearon sabiendo que aún se quieren. Peor todavía, que siempre se querrán. Porque el vacío que va a dejar será tan grande que no sabrán moverse más sin pensar en la otra persona. Van a hablarle todos los días sin despegar los labios, sin mover los dedos.

Aprendan a hacer algo nuevo. Tocar la armónica, usar el monopatín, bailar salsa o hacer ganchillo. Otro idioma. Hablen otra lengua, hablen todas las que puedan. Pero no se queden ahí paradas, viviendo un día tras otro y después otro, y otro más igual.

No se declaren. No le digan que les gusta, no le confiesen que les encanta. Sean todavía un poco gilipollas y pierdan tiempo y fuerzas, porque aún queda camino. No le dejen ver lo bonita que tiene la boca, o las pecas o el pelo ese, o las manos esas. Los malditos ojos suyos, guárdenselos para ustedes mismas.

Dejen que alguien les rompa el corazón, les diga que no o les rechace. Sí. Llorarán sin lágrimas, pensarán que nunca será lo mismo. Es necesario, de lo contrario estaríamos muertas.

Ayuden a alguien. A superar algo, a aprobar todo en junio o septiembre. A conseguir un sueño. Presten ayuda, conocimiento y alegría. Y déjense ayudar, que es igual de importante saber recibir que dar.

Bailen debajo de la nieve. O de la lluvia, o sobre la bici o en el mar. No solo se baila en las discotecas. Se baila cien mil veces más en una calle que en una pista de baile. Bailaría un millón de veces contigo, en mi cabeza ya vamos dando vueltas.

Hagan una fiesta en casa o lleguen muy tarde a la suya. Límpiense brindando a la salud de otros. Vuelvan tan tarde que caigan rendidas, que crean que pasó un año de jueves a viernes.

Qué bonito es soñar. Anoche soñé contigo y no estaba dormida. No llamen a nadie soñador como si fuera un insulto. Tengan mil planes y hagan la mitad. Sueñen la vida en vez de solo vivirla.

Veintiocho, veintinueve y treinta. Estoy despierta, abre los ojos que nos costó treinta años llegar aquí. Cierra los ojos que te voy a escribir. Abro los ojos y me comes. Y te pinto.

Estamos vivas, ven y dame otro abrazo.

31. LA SOLEDAD DEL KOALA

Para ti. Cuando tengas un rato. Para dentro de unos años. Cuando mires hacia atrás o hacia delante; para cuando quieras.

Para cuando tengas rabia o estés pletórica. Para cuando te sientes sola a tomar un café, salgas sola a un bar o vayas al cine sin nadie. Para cuando no tengas hijos en casa y sean vacaciones individuales. Para cuando te inviten a bodas o a cumpleaños, y sea sin acompañante. Para cuando te pregunten «¿para cuándo?».

Para que te sirva en Navidad.

Para que funcione como respuesta correcta. Que valga para todas las veces que vas a viajar sola, volver sola, follar sola.

Para que entendamos que no importa, que es irrelevante.

Para que sepan divorciarse, y quedarse no sea un fracaso. Para que puedan alejarse sin creer que deben relacionarse.

Para que no te quedes con pena, para que recuerdes que todavía te quiero.

Para que no te quedes con cualquiera, para que veas que eso son tonterías.

Porque el café me gusta más contigo, pero eso es porque sabes tomarlo sola.

32. CIGÜEÑAS SIN NIDO

Hay un instante, justo antes de llorar, en el que el ojo se llena de lágrimas que no llegan a salir. Son miles de luces de Navidad aferradas al lacrimal; nadadores agarrados al borde de una piscina demasiado llena. Es la víspera del cataclismo.

Un segundo tan largo como enero, en el que solo cabe la pena. Es ese instante en el que nada importa, en el que dejas la cena sin tocar, la cama sin hacer, el pelo sin peinar.

Es cuando corres de pronto, pero no tienes prisa, o cuando comes sin hambre. Es una habitación que huele a febrero o una fiesta de cumpleaños a la que nadie acude.

Un segundo en el que no te da tiempo a pulsar el *play* para que suene tu canción y empiezas a llorar. Entonces, es de noche y se han caído todos los caramelos de la bolsa; se ha derramado la sal y no encuentras el interruptor de la luz.

Hay un instante en el que tu cuerpo te traiciona. Es a la vez autónomo y tu propio jefe. Habla un idioma que no controlas, se mete en conflictos y debate siempre cualquier cosa. Luego te pasa el parte y te descuenta del sueldo los errores.

No puedes desaparecer en medio de una reunión de dos, no puedes desmayarte, ni congelar el tiempo, no puedes abandonar una empresa de un solo miembro.

Y, aun así, asistes aterrada a lo que tu cuerpo decide hacer por tu cabeza. Pasa meses peleando sin haber sido llamado a combate y estropea todo lo que toca.

No puedes volver atrás y arreglarlo, no puedes pedir por Reyes un nuevo poder, ni suplicar perdón eternamente, no puedes regalar bonos de impunidad, ni vales de absolución.

Con un único deseo concedido, leería la mente de las personas. Pero diciembre siempre ha sido el peor de la clase y yo una miope que ni siquiera podría descifrar qué dicen los ojos.

Diciembre es como dos cigüeñas sin nido. Es ese instante horrible justo antes de llorar.

33. LUCIÉRNAGAS

Echar de menos algo que no ha ocurrido, que se parezcan a ti todas las chicas. Encaramarme a la barra de cualquier bar, llorar lo que no sé cantar. Que mire atrás y no pueda encontrarte, sentir todo tu dolor y darme un baño con él.

Nadar hasta que no recuerde lo que nunca va a pasar. Decirte en otro idioma lo que jamás te diría en el nuestro, leer a Idea Vilariño en vez de besarte en domingo. Qué feos los finales sin ti.

Cocinar solo arroz, hasta que se gaste y me desgaste. Tener una maleta solo para libros y una bici que escribe en el asfalto.

Pedalear hasta perder el sur y encontrar el norte. Sudar el vacío que hay entre tu casa y la mía.

Bailar porque no estoy sola; es solo que tú no estas.

Elegir una opción siempre conlleva renunciar a las demás. Tomar un camino implica abandonar determinados senderos, igual que cada sonido va ligado a un silencio que no queremos aceptar. He estado bailando entre la multitud con los auriculares puestos.

Volveremos a existir. Seremos otras personas; cosas y lugares diferentes con nuestra historia. Quizá la próxima vez yo sea una nube queriendo alcanzar un faro. Tal vez el año que viene tú seas un faro queriendo ser alcanzado por una nube.

34. DE COBAYAS Y COBRAS

Mejor que quedarse bajo todo el peso de las mantas, mejor que ponerse a recorrer las estanterías de la biblioteca e incluso mejor que comer frente al fuego, era hundirse en el océano.

Cuando nadamos estamos solas y hay siempre un riesgo que correr. Abby era de ese tipo de personas que creía a pies juntillas que cuando se cierran los ojos pasan diez años como pasan diez segundos. Esa era la forma, aseguraba, en la que se conseguía sobrellevar los amores dolorosos, las muertes inoportunas y los días fríos.

Era de esas que sabían que el corazón es el único órgano que no parte. No viaja; puede quedarse a miles de millas del cuerpo o adelantarlo un siglo. Era de las que había decidido dejarse vivir.

Y era por ello por lo que no oponía resistencia a nada.

Disfrutaba de todo y ante la llegada de la noche conjugaba tiempos verbales. Elegía uno al azar y por cada beso arriesgaba una terminación «nerviosa». Entre las sábanas te descubría los secretos de las cicatrices y la vida sexual de los lunares, que se buscan para encontrarse.

Era un ser que volaba y no siempre estaba en el lugar presente. Aún sin moverse podía elevarse por encima de todos los tejados, contar con una mano las penas y con la otra las alegrías. Pero al final del vuelo siempre le faltaban sueños.

Entonces pedía una historia, cualquier historia valía para seguir soñando. Podía ser incluso que te pidiera que leyeras o, mejor todavía, que acabara dibujando en tu espalda. Algo que supera casi todos los vuelos nocturnos que he cogido.

Abby solía pensar que mantenerse activa era la mejor solución para casi todos los males. Pero no sabía que para todos los males había una única solución «salina».

35. ÁGUILAS Y HALCONES

PARA LOS CORAZONES

Alguien la vio llorar. Una vez, sin previo aviso ni razón aparente. Nunca podías saber qué estaba pensando.

Alguien bailó con ella. Más de una vez, con y sin música, a solas y en compañía.

Alguien le rompió el corazón. Alguien se lo robó, alguien se lo comió y otro alguien se lo devolvió sin probarlo. Alguien no la quiso, alguien la amó durante un día entero y al siguiente se esfumó. Alguien necesitó ochenta noches para no pensar más en ella; alguien la amaba en secreto y alguien más se lo gritaba a los cuatro vientos.

Alguien la besó.

Alguien corrió con ella por una carretera. Alguien se corrió con ella. Alguien subió una montaña y gritó su nombre. Alguien no quería oírla en sueños. Alguien la soñaba para que existiera.

Alguien se bañó con ella en un hostal de mala muerte.

Alguien le confesó que se moría por tener algo con ella.

Alguien le dijo que era insufrible, insensible, irresistible.

Alguien la abrazó tan fuerte que los perros aullaron hasta el anochecer de *puritica* envidia.

Nadie hizo por ella lo que alguien estaba ya escribiendo.

ÍNDICE